Weber, Otto

Die Kunst der Hethiter

Weber, Otto

Die Kunst der Hethiter

Inktank publishing, 2018

www.inktank-publishing.com

ISBN/EAN: 9783750123106

ORBIS PICTUS / WELTKUNST=BÜCHEREI
HERAUSGEGEBEN VON PAUL WESTHEIM

BAND 9

DIE KUNST
DER HETHITER

MIT EINER EINLEITUNG VON

OTTO WEBER

VERLAG ERNST WASMUTH A.G. BERLIN

ELISABETH KRONSEDER
ZUGEEIGNET

*

Im vorderen Orient hat die Menschheit im Ablauf von 4000 Jahren die erste Epoche ihrer Geschichte vollendet. In Zeiten, die fast für die ganze übrige Welt „vorgeschichtlich" sind, haben dort die Völker in raschem Aufstieg die Grundlagen der Kultur geschaffen und Formen des Zusammenlebens entwickelt, in denen staatliche Ordnung, Religion, Wissenschaft und Kunst zu hoher Blüte gelangen konnten. Und in eben so raschem Abstieg sind die Völker wieder in den Zustand des dämmernden Dahinlebens in einfachsten natürlichen Verhältnissen und vollkommener Bedürfnislosigkeit zurückgesunken, nachdem ihre Zeit erfüllt und ihr Erbe von neu aufstrebenden Elementen aufgenommen war. Fast 2000 Jahre lang hat dann der Sand der Wüste die verfallenen Städte bedeckt, bis der Spaten des Ausgräbers da und dort Denkmäler dieser versunkenen Welt wieder ans Licht gebracht hat.

Vorderasien bot genügend Raum, alle Gegensätzlichkeiten hervorzubringen, in deren Widerstreit sich eine wechselvolle Geschichte abspielen konnte, und war doch wieder hinreichend in sich geschlossen, der sich entwickelnden Kultur eine gewisse Einheitlichkeit zu sichern.

Die Sumerer waren es, die im Ausgang des 5. Jahrtausends im vorderen Orient die erste politische Organisation in dem Königtum von Ur im südlichen Babylonien geschaffen haben. Wir wissen nicht, woher sie gekommen sind, welcher Völkerfamilie sie nach Rasse und Sprache angehörten. Das aber wissen wir, daß sie die Keilschrift erfunden haben und damit die Schöpfer der geistigen Kultur Vorderasiens geworden sind. Von ihren religiösen Vorstellungen, ihren Rechtssatzungen hat der ganze alte Orient die nachhaltigsten Einwirkungen erfahren.

Semitische Völker, die vom Anfang des 3. Jahrtausends an in Babylonien zur Macht gekommen sind, haben diese Keime zu mächtiger Entfaltung gebracht und im eigentlichsten Sinn die Kultur geschaffen, die wir die babylonische nennen, die wir aber ebensogut die vorderasiatische nennen können, da Kriegszüge und Handelsunternehmungen schon zur Zeit des semitischen Reiches von Akkad in Nordbabylonien um 2800 v. Chr. diese Kultur über ganz Vorderasien hin bis an die Gestade des Mittelländischen und des Schwarzen Meeres verbreitet haben.

Neben den sumerischen und semitischen Babyloniern kommen für die ganze 4000jährige Geschichte des vorderen Orients andere Mächte als Kulturschöpfer im höchsten Sinn so gut wie gar nicht in Frage, so wechselvoll die politischen Verhältnisse in dem weiten Gebiet sich auch gestaltet haben, auch die Assyrer nicht,

die vom Anfang des 2. Jahrtausends an mit Babylonien um die politische Vormacht
im vorderen Orient gerungen haben. Diese waren ein durchaus kriegerisches Volk,
und ihre Könige setzten ihren Ehrgeiz an die Erweiterung ihrer Grenzen und die
Festigung ihrer militärischen Macht, ihr Vorstellungsleben und ihre ganze materielle
Kultur ist auf das allerstärkste von babylonischen Einwirkungen abhängig gewesen,
und wo selbständige Züge sich zeigen, da sind sie nicht immer Zeugnisse einer
innerassyrischen Sonderentwicklung, sondern erweisen sich oft als altes Erbgut der
großen Völkerfamilie, der die Assyrer entstammen, der Hethiter. Sind die Baby
lonier — in kulturellem Sinn gesprochen — sumerisierte Semiten, dann sind die
Assyrer babylonisierte Hethiter gewesen. Nur die Hethiter können den Babyloniern
gegenüber als selbständige schöpferische Kulturmacht im alten Vorderasien gelten,
wenn auch ihre Bedeutung in keiner Weise mit der jener verglichen werden kann.
Ihre räumlich weite Entfernung von dem babylonischen Kulturmittelpunkt aber hat
ihnen mehr als den andern Völkern des vorderen Orients die Erhaltung ihrer Sonderart
ermöglicht, so stark auch bei ihnen zeitweise die Einwirkungen der babylonischen
Kultur sich geltend machten.

*   *
*

Von Babyloniern und Assyrern weiß jeder Gebildete, wenn auch nicht so viel,
als es der weltgeschichtlichen Bedeutung dieser Völker nach sein müßte. Wer aber
weiß von den Hethitern heute mehr als den Namen oder auch nur den Namen?
Manch einer erinnert sich wohl, daß in der Bibel, in dem merkwürdigen 10. Ka-
pitel des I. Buches Moses, wo die Völker der Erde gruppiert werden, zu lesen ist:
„Kanaan aber zeugte Sidon, seinen Erstgeborenen, und Heth", daß Abraham von
den Hethitern zu Hebron für sein Weib Sarah die Höhle Machpela zum Erb-
begräbnis kaufte (Gen. 23), daß das Land der Verheißung, das „gelobte" Land
der Kinder Israel, das Land ist, in dem neben Kanaanitern, Amonitern, Pheresitern,
Hevitern, Jebusitern auch Hethiter wohnten, daß jener Uria, an dessen Weib der
König David Wohlgefallen gefunden hat, ein Hethiter war usw.
Damit ist freilich nicht viel mehr gewonnen als die Erkenntnis, daß in der
Zeit von etwa 2000—1000 v. Chr. Hethiter im Lande Kanaan gesessen haben.
Darüber hinaus haben aber vor 50 Jahren auch die Geschichtsforscher von den Hethitern nicht viel gewußt. Seitdem ist nicht nur aus ägyptischen, assyrischen und babylonischen Quellen immer mehr bekannt geworden, es sind auch in wachsender Zahl
einheimische Denkmäler von Hethitern aufgetaucht, Felsenreliefs und im Land
verstreute Steinbildwerke, man hat eine ganze Anzahl hethitischer Städte auszu-
graben begonnen, und in einer großen Menge von einheimischen Schriftdenkmälern
reden die Hethiter heute selber zu uns.

*   *
*

Der Schauplatz der hethitischen Geschichte ist das ganze kleinasiatische Gebiet von den Küsten des Mittelmeeres im Westen bis an den jungen Euphrat nördlich des armenischen Taurus im Osten. Südlich des Taurus reicht das hethitische Kultur-gebiet östlich über den Euphrat hinüber bis ins Quellgebiet des Chaboras, südlich bis nach Kadesch am Orontes. Über dieses Gebiet hinaus sind Hethiter aber zu allen Zeiten vor allem nach Süden ausgeschwärmt und haben sich bis tief ins Land Kanaan hinein festgesetzt.

Während wir nun von den andern Völkern der altorientalischen Geschichte, von den Babyloniern, den Assyrern, Medern, Persern, den Phönikern und wie sie alle heißen, uns heute eine ziemlich klare Vorstellung machen und ihre Rasse, ihr Volkstum, ihre Sprache, ihre Religion mit annähernder Sicherheit umschreiben können, sind wir bei den Hethitern davon noch weit entfernt. Wenn heute von Hethi-tern die Rede ist, dann ist gemeint die Gesamtheit der Völker, die als Träger der ältesten einheimischen kleinasiatisch-syrisch-nordmesopotamischen Kultur ge-schichtlich greifbar sind. Von der babylonisch-assyrischen hebt sich diese Kultur ganz deutlich und scharf ab, so innig jahrtausendelang die Beziehungen mit ihr auch waren. Inwieweit sie aber in sich einheitlich ist und in welchem Maße das, was wir hethitisch nennen, auf einen geschichtlichen Volksstamm der Hethiter, der streng genommen nur einen Teil dieser Völkergruppen gebildet hat, zurückgeht, das ist uns nicht klar. Für uns muß heute noch die kleinasiatisch-syrisch-nord-mesopotamische Kultur als eine Einheit gelten, für die wir nach dem Vorgang der biblischen und keilschriftlichen Quellen den Namen „hethitisch" festhalten, unbeschadet der Tatsache, daß in diesem Sammelbecken eine große Zahl selbständiger Völkerströme zusammengeflossen sind.

* * *

Für das 3. Jahrtausend sind wir für die Geschichte der Hethiter auf einzelne Streiflichter angewiesen, die gelegentlich aus den keilschriftlichen Quellen aufblitzen, wobei die eigentümlichsten Zufälle der Überlieferung spielen. Vor wenigen Jahren sind ziemlich gleichzeitig in Ägypten (Amarna) und in Assyrien (Assur) zwei Bruch-stücke einer Legende von dem alten babylonischen König Sargon aufgetaucht, der um 2850 v. Chr. regiert hat. Sie erzählt von einem Zuge, den Sargon im 3. Jahr seiner Herrschaft nach Kappadokien im Herzen Kleinasiens unternommen hat, um einer Kolonie babylonischer Kaufleute in Ganesch gegen die Überfälle des Königs von Buruschchanda zu Hilfe zu kommen.

Die Stadt Ganesch kennen wir, sie hat südlich des Halysbogens nahe bei Kai-sarije gelegen und wird von dem Hügel, den die Eingeborenen heute Kültepe nennen, bedeckt. Sie war mindestens seit etwa 3000 v. Chr. eine Kolonie babylonischer Kaufleute, die, wer weiß wann, von der südbabylonischen Stadt Kisch, einer der ältesten Städte, die wir kennen, gegründet worden war. Über 1000 Jahre hin können

wir das Schicksal dieser Kolonie verfolgen, denn aus dem Schutt des Hügels Kültepe
haben die Eingeborenen viele Hunderte von Keilschrifturkunden zutage gebracht,
die dem Archiv eines dortigen Handelshauses entstammen und der Zeit um 2200
v. Chr. angehören

Von der einheimischen Bevölkerung Kleinasiens erfahren wir im 3. Jahrtausend
nichts Unmittelbares aus den Urkunden. Die Tatsache der babylonischen Kolonie
von Ganesch lehrt, welchen Weg die babylonische Kultur auf ihrem Siegeszug durch
die Welt Vorderasiens gegangen ist. Die Babylonier von Ganesch haben als fried-
liche Kaufleute den Austausch der Produkte zwischen Kleinasien und Babylonien
vermittelt, sind aber auch die wichtigsten Pioniere der überlegenen babylonischen
Kultur unter den Hethitervölkern gewesen. Sie haben sicherlich weithin in das
barbarische Land ihre Fühler ausgestreckt und den heimischen Kulturgütern,
materiellen und geistigen, den Weg bereitet.

Mit welchem Erfolg, das erkennen wir staunend aus den Schriftdenkmälern
der Hethiter, die im 2. Jahrtausend einsetzen. In etwa 10000 Urkunden ist uns ein
Teil des Staatsarchivs des Hethiterreiches, das von etwa 1800 v. Chr. an in der Stadt
Chatti, an deren Stelle im Innern des Halysbogens heute das Dörfchen Boghazköi
liegt, seinen Mittelpunkt gehabt hat, erhalten. Alle diese Urkunden sind in babylonischer Schrift geschrieben, babylonische Götter, babylonische Rituale, babylonische Legenden erscheinen teils in der babylonischen, teils in der einheimischen
Sprache. Auch die Inschriften, die in der einheimischen Sprache abgefaßt sind, sind
durchsetzt mit babylonischen Fremdwörtern. Die geistige Kultur des Hethitertums
zeigt sich also jedenfalls in der Landeshauptstadt vollkommen in babylonischen
Formen, und das ist in diesem Umfange nur erklärlich, wenn wir annehmen, daß
babylonische Kolonisten, wie wir sie in Ganesch nachweisen können, weithin im
Lande verstreut gewesen sind und jahrhundertelang auf das Kulturleben des Landes
einen tiefgehenden Einfluß ausgeübt haben.

Verstärkt wurde diese Entwicklung durch gelegentlich einsetzende Gegenbe-
wegungen, die, von den Hethitervölkern ausgehend, nach dem Mutterland der babylonischen Kultur strebten. Eine ebenfalls ganz zufällig erhaltene Nachricht, sie
entstammt einer spätbabylonischen Chronik, gibt uns einen überraschenden Auf-
schluß über einen Vorstoß des Hethitertums gegen Babylonien um 1921 v. Chr.
Dieser hatte den Sturz der berühmten Hammurabidynastie zur Folge und brachte
für 600 Jahre eine fremdländische, kossäische Dynastie in Babylon zur Herrschaft.

Dieses zufällig geschichtlich beglaubigte Ereignis gestattet Rückschlüsse auf
frühere Bewegungen ähnlicher Art. Es wurde schon bemerkt, daß die Assyrer babylonisierte Hethiter waren. Ihre Heimat ist vielleicht die Gegend von Kültepe am
Halys gewesen, denn dort ist der Gott Assur heimisch. Von dort aus mag die Stadt
Assur im Anfang des 3. Jahrtausends besiedelt worden sein. Wir können feststellen,
daß die hethitischen Völkerwellen sich am linken Tigrisufer gegen Elam hin vor-

geschoben haben. Dort finden wir einzelne Etappen mit Überresten, die nur in der Annahme einer solchen Bewegung eine Erklärung finden. So zeigen die Siegel von Kerkuk ausgesprochen hethitische Prägung. Wir haben Grund zu der Annahme, daß die Lulubäer, deren König Anubanini um 2700 v. Chr. in den Zagrosbergen ein Siegesdenkmal in den Felsen hat meißeln lassen, ein ursprünglich hethitischer Stamm sind, und das unweit davon befindliche Felsrelief von Scheich Chan (Abb. 28) ist in rein hethitischem Stil gehalten. Inwieweit die in der Technik wie in den Motiven gleichermaßen auffallende Übereinstimmung der ältesten Keramik von Susa mit hethitischen Erzeugnissen dieser Art auf eine Gemeinsamkeit der ethnologischen Voraussetzungen schließen läßt, ist noch eine offene Frage.

Geschichtlich faßbar werden die Hethiter erst vom zweiten Jahrtausend an. Die Stadt Chatti (Boghazköi) ist etwa um 1800 der Mittelpunkt eines hethitischen Staatswesens geworden, das sich im Lauf von 600 Jahren zu einer bedeutenden Machtstellung entwickelt hat und sich den Großreichen von Ägypten, Assur und Babylon gegenüber durchaus gleichberechtigt gefühlt und mit ihnen in regstem diplomatischem Verkehr gestanden hat. Dieser Staat hat wohl über den größten Teil von Kleinasien geherrscht und sich bis tief nach Syrien hin ausgedehnt, wo vom 16. Jahrhundert an die Pharaonen seinem weiteren Vordringen Einhalt geboten. Der berühmte „Hethitervertrag" Ramses II. mit Schubiluliuma von Chatti setzt die endgültigen Grenzen der beiderseitigen Einflußgebiete fest. Von langer Dauer ist dieses Reich dann nicht mehr gewesen. Einer seiner Vasallen, der König von Mitanni, hat es um 1200 überwältigt, und wenige Jahrzehnte später ist auch dieser Staat den Assyrern zur Beute geworden. Einzelne Hethiterstaaten im Norden Syriens, wie Sam'al und vor allem Karkemisch, haben sich noch ein paar Jahrhunderte gehalten und die hethitische Kultur in ihrer Eigenart bewahrt. Mit dem Fall von Karkemisch im Jahre 715 ist dann die politische Macht der Hethiter endgültig zerbrochen, und es ist bald jede Spur von ihnen verloren gegangen, so gründlich, daß die klassischen Schriftsteller nichts mehr von ihnen zu erzählen wissen.

*　*　*

In den hethitischen Urkunden werden viele Hunderte von Städten genannt, die zum Gebiet des Königs von Chatti gehört haben, und in der Tat ist die Zahl der Ruinenhügel in dem Gebiet der Hethitervölker kaum übersehbar. Nur wenige von ihnen sind bisher vom Spaten berührt worden. Der wichtigste ist Boghazköi, die Stätte der Reichshauptstadt Chatti, unweit davon nach Norden zu liegt Üjük. Am sorgfältigsten ist Sendschirli, die Stätte des alten Sam'al, am Ostabhang des Amanusgebirges gelegen, untersucht worden, dann Djerabis, das alte Karkemisch, am Euphrat, und Tell Halaf, das alte Guzana, im Quellgebiet des Chaboras. Diese Ausgrabungen haben Hunderte von Steinbildwerken aller Art zutage gebracht. Rechnen wir dazu die Felsenskulpturen und die beweglichen Steindenkmäler, die weit

über ganz Kleinasien und Nordsyrien hin an der Oberfläche gefunden
worden sind, so ergibt sich ein Anschauungsmaterial von ganz außerordentlichem
Reichtum für die hethitische Kunst- und Kulturgeschichte. Dabei ist freilich
zu bedauern, daß nur von einem ganz geringen Teil bisher hinreichend gute
Abbildungen zugänglich sind. Die Felsskulpturen sind meist zu sehr verwittert,
als daß von ihnen noch über das wissenschaftliche Interesse hinaus befriedigende
Nachbildungen gegeben werden könnten. Die meisten Bildwerke aber, die bisher
ausgegraben worden sind, sind überhaupt der Allgemeinheit noch nicht zugänglich.

Von „Hethitern" war bisher in dem Sinne die Rede, daß darunter die Gesamtheit der kleinasiatisch-syrisch-nordmesopotamischen Völker verstanden wurde,
die in der ganzen Zeit vom Anfang des 3. Jahrtausends bis ins 7. Jahrhundert herab
geschichtlich feststellbar sind. Es ist aber sicher, daß diese Völker nichts weniger
als eine Einheit weder in bezug auf die Rasse, noch hinsichtlich der Sprache oder
auch der Volksgemeinschaft gewesen sind, davon ganz zu schweigen, daß sie jemals
eine einheitliche Nation im politischen Sinne gebildet hätten.

Zwei Schichten wenigstens können wir heute in diesem Völkergewirr klar
scheiden, eine indogermanische, im wesentlichen nach dem Westen hin orien-
tierte, deren politischer und kultureller Mittelpunkt im 2. Jahrtausend die Stadt
Chatti, an der Stelle des heutigen Boghazköi, gebildet hat, und die bodenständige,
im eigentlichen Sinn als hethitisch anzusprechende, die wir in zahlreichen Ruinenstätten in Kleinasien wie in Nordsyrien, vor allem in Üjük, Sendschirli, Djerabis
und Tell Halaf auf Grund von Ausgrabungen feststellen konnten.

Die indogermanische Schicht ist über die Meerengen von Europa her
in Kleinasien eingedrungen, hat die alten Kulturstätten der bodenständigen Hethitervölker überrannt, ist als Herrenschicht im Lande geblieben und hat das ganze
Hethitertum Kleinasiens um die Mitte des zweiten Jahrtausends zu einer macht-
vollen politischen Einheit zusammengefaßt. Sie hat um diese Zeit der Stadt Chatti
ihr Gepräge gegeben in den baulichen Anlagen und Kunstwerken, die sie geschaffen
hat, und auch ihre Sprache hat sie als offizielles Ausdrucksmittel im staatlichen Verkehr wie in der Literatur durchzusetzen gewußt.

Wir müssen uns völlig freimachen von der heute noch herrschenden Anschau-
ung, daß Chatti-Boghazköi der Kronzeuge für die klassische Periode der hethitischen
Kultur ist. Sicherlich ist auch Chatti-Boghazköi vor der Eroberung durch die euro-
päischen Einwanderer eine rein hethitische Stadt gewesen. Zwei Zufallsfunde
lassen uns erkennen, daß sie im 3. Jahrtausend die gleiche Entwicklung durchgemacht
hat, wie wir sie für die meisten Kulturstätten Vorderasiens, die an den großen Handels-
wegen gelegen haben, annehmen müssen. Die kleine Bronze (Abb. 1), in der wir
das älteste bis jetzt auf hethitischem Boden gefundene Kunstwerk zu sehen haben,
ist rein hethitischen Charakters und steht im Typus z. B. dem Gilgamesch auf der
Löwenbasis von Sendschirli (Abb. 22), die freilich wesentlich jünger ist, außer-

ordentlich nahe, hat aber gar nichts mit den Typen von Chatti-Boghazköi aus dem 2. Jahrtausend gemeinsam. Ist diese Bronze ein Zeugnis dafür, daß wir in Chatti-Boghazköi im Anfang des 3. Jahrtausends eine rein hethitische bodenständige Bevölkerung anzunehmen haben, so lehren vereinzelt dort gefundene Tontafeln im Stil der Tafeln von Kültepe-Ganesch, daß auch diese Stadt schon im Verlauf des 3. Jahrtausends dem babylonischen Einfluß in Schrift und Sprache ausgesetzt war.

Es ist aber kaum anzunehmen, daß die alte Stadt Chatti-Boghazköi eine besonders große Siedelung gewesen ist. Die mächtigen baulichen Anlagen, deren imponierende Reste heute in Boghazköi den Reisenden staunen machen, sind eine Schöpfung der Eroberer gewesen. Die fünf Paläste bzw. Tempel, die dort freigelegt worden sind, haben in ihren Grundrissen kaum etwas mit den anderen „hethitischen" Bauten gemeinsam und auch die für die „hethitische" Bauweise besonders kennzeichnende Anlage des Torbaus fehlt vollständig, wenn man auch in der gelegentlichen Verwendung von Löwenkolossen als Torwächter eine Konzession an die „hethitische" Sitte feststellen kann. Die monumentale Architektur von Chatti-Boghazköi ist unhethitisch und weist auf westländische Überlieferungen hin.

Ganz anders aber liegen die Verhältnisse in der bildenden Kunst. Noch ist die Zahl der zum Vergleich vorliegenden Bildwerke der Zeit der Fremdherrschaft sehr gering, aber ein an so bedeutsamer Stelle im Haupttor der Stadt errichtetes Denkmal wie das große Relief des Sonnengottes (Abb. 6) ist doch wohl ein um so beweiskräftigeres Zeugnis: dieses zeigt in Haltung, Auffassung und Technik durchaus den Kunststil der aus den „hethitischen" Kulturstätten bekannten Denkmäler und unterscheidet sich von ihnen nur im Typus der dargestellten Persönlichkeit: durch die gerade ansteigende Stirn und die Bartlosigkeit.

Eine Umwälzung aber, die freilich im Grunde mehr auf rechtliche als künstlerische Motive zurückzuführen ist, haben die Eroberer auch in der Kunst herbeigeführt: sie haben an die Stelle des gleichzeitig mit der babylonischen Schrift in Kleinasien eingeführten Rollsiegels das Stempelsiegel zur Geltung gebracht, auch in diesem Stück durchaus von westländischen Überlieferungen bestimmt.

*   *   *

Einige assyrische Könige rühmen sich gelegentlich, daß sie Bauten im „hethitischen Stil", die sie *bit chillani* nennen, aufgeführt haben, und die Ausgrabungen haben solche Anlagen in Khorsabad und Nimrud wieder freigelegt. Die Meinungen über das Kennzeichnende und Besondere dieser Bauweise gehen heute noch sehr weit auseinander. Ich halte es aber für sicher, daß es die Toranlagen mit den steinernen Tierkolossen, die den feindlichen Eindringling abwehren sollen, und der bildliche Fassadenschmuck sind, die diesen „Bauwerken im hethitischen Stil" das Gepräge geben. Denn diese Toranlagen und dieser Fassadenschmuck kehren überall, wo wir in Kleinasien, Syrien und Mesopotamien echt hethitische Ruinenstätten ausgegraben

haben, wieder, in Üjük ebenso wie in Sendschirli, Tell Halaf, Djerabis und
Saktschegözü (Abb. 17, 46).

Der sinnenfälligste Träger einer eigenartigen Kultur ist immer die Schrift.
Sie ist bis auf den heutigen Tag das natürliche Wahrzeichen eines seiner kulturellen
Sonderart sich stolz bewußten Volkstums.   Es macht den Eindruck, daß auch in
den Hethiterländern der Kampf um die Behauptung kultureller Eigenart hin und
wieder im Zeichen der Schrift ausgefochten worden ist.   Nicht weniger als drei in
ihrem Charakter grundverschiedene Schriftsysteme haben dort im Verlauf von etwa
$2^{1}/_{2}$ Jahrtausenden um die Herrschaft gerungen, die babylonische Keilschrift, die
bodenständige hethitische Bilderschrift und die von Syrien aus vordringende ara-
mäische Buchstabenschrift.

Die hethitische Bilderschrift (vgl. Abb. 5, 27), deren Entzifferung bis heute noch
nicht gelingen wollte, ist auf Steindenkmälern fast in ganz Kleinasien und in Syrien
bis nach Hamath hin festzustellen.   Die zahlreichsten Bilderinschriften stammen
aus Karkemisch.   Wie alt diese Schrift ist, wissen wir nicht, wir wissen aber, daß
sie in Karkemisch, wo sich das Hethitertum am längsten gehalten hat, bis ins 1. Jahrtausend herunter im Gebrauch war.   Auffallend ist, daß sie in Sendschirli und im
Tell Halaf, zwei unzweifelhaft echt hethitischen Königssitzen, die wir durch die
Ausgrabungen gut kennen, vollständig fehlt.   In Sendschirli gehören die einzigen
offiziellen Schriftdenkmäler, die gefunden sind, der späteren Zeit, von 1000 v. Chr.
ab, an, und sind sämtlich aramäisch geschrieben; auch in Tell Halaf fehlen Inschriften
aus der älteren Zeit völlig, und ein Usurpator im ausgehenden 2. Jahrtausend hat auf
die von ihm gefundenen Steinbilder seinen Namen Kapara in einer sehr plump ge-
schriebenen Keilschrift eingetragen.   Daß in Boghazköi die Bilderschrift nur ganz
selten und dann neben der Keilschrift auf Siegeln vorkommt, entspricht den
politischen Verhältnissen der Zeit durchaus.   Es ist natürlich sehr gewagt, bei der
Spärlichkeit und Lückenhaftigkeit unserer Quellen Schlüsse aus ihrem Schweigen
zu ziehen, und ich tue es mit allem Vorbehalt, wenn ich annehme, daß die Bilderschrift
auch schon im 3. Jahrtausend die einheimische Schrift des Hethitertums gewesen
ist, die wohl von der babylonischen stark zurückgedrängt, aber doch nie ganz auf-
gegeben und mit der Stärkung des nationalen Bewußtseins und in Zeiten der politischen Selbständigkeit immer wieder zu Ehren gekommen ist.   Man kann auch
versucht sein, in der sinnlosen Wut, mit der die Keilschrifttafeln des Staatsarchivs
von Chatti-Boghazköi bei der Vernichtung der Fremdherrschaft zerbrochen, große
Tafeln bis zu kleinen Splittern zerschlagen worden sind, eine Reaktion des Hethitertums gegen die Zeugnisse fremdartigen Wesens zu erkennen.

*   *

*

Wenn wir uns eine Vorstellung vom Wesen der hethischen Kultur machen
wollen, müssen wir stets daran denken, daß das ganze Land, in dem Hethiter ge-

sessen haben, schon vom Anfang des 3. Jahrtausends an unter der Einwirkung der babylonischen Geisteskultur gestanden hat. Babylonische Schrift und Sprache waren weithin verbreitet, und mit ihnen haben babylonische religiöse Vorstellungen und Literaturdenkmäler ihre Einflüsse geltend gemacht. Diese Einflüsse haben natürlich nur die Oberschicht erreicht, die Masse des Volkes ist sicherlich der bodenständigen Überlieferung treu geblieben. Wir werden auch annehmen müssen, daß es zu allen Zeiten Strömungen gegeben hat, die der fremdartigen babylonischen Zivilisation und ihren wichtigsten Lebensformen, der Schrift und der Sprache, entgegengewirkt haben zugunsten der einheimischen. Es ist andererseits auch wieder ganz natürlich, daß die Fremdherrschaft, die sich auf die Oberschicht stützte, sich der fremden Kulturformen zur Sicherung ihres Einflusses bedient, sie nicht behindert, sondern in jeder Weise gefördert hat.

Mit der Schrift und Sprache ist babylonisches Vorstellungsleben in den Hethiterländern heimisch geworden. Man darf nun freilich nicht annehmen, daß alles „Babylonische", was wir in den Hethiterländern finden, auf dem Wege literarischer Beeinflussung von Babylonien her dorthin gelangt sein müßte. Das gilt z. B. nicht von dem babylonischen Nationalepos von dem Tierbezwinger Gilgamesch, das in mehreren Bruchstücken unter den Keilschrifttexten von Boghazköi vertreten ist, und zwar sowohl in der babylonischen wie in der indogermanischen Sprache der herrschenden Bevölkerungsschicht. Die Gestalten des Gilgamesch und seines Kreises sind auch in der bildenden Kunst der echten Hethiter in Sendschirli, Karkemisch und Tell Halaf ganz geläufige Typen gewesen. Das läßt darauf schließen, daß dieser Sagenkreis zum gemeinsamen Besitz der ganzen vorderasiatischen Welt von alters her gehört hat. Die babylonischen Rituale, Vorzeichensammlungen u. a. m., die viele der Keilschrifttafeln von Boghazköi füllen, sind aber zweifellos nicht gemeinsames vorderasiatisches Kulturgut gewesen, sondern von Babylonien her übernommen worden. Sie sind auch kaum weiter in das hethitische Volk eingedrungen, sondern sind gewiß auf den Kreis der „Wissenden" in den Kulturmittelpunkten beschränkt geblieben.

*   *

*

Die hethitische Kunst ist im Dienst der königlichen Bauherrn groß geworden. Die vornehmsten Aufgaben, die ihr gestellt gewesen sind, brachten sie in Zusammenhang mit der Architektur. Daneben hat auch der Kultus ihr ein bedeutsames und mannigfache Möglichkeiten eröffnendes Betätigungsfeld geschaffen, wenn er auch als anregende und treibende Kraft nicht annähernd so wichtig für ihre Entwicklung geworden ist wie die Bautätigkeit der Könige.

Die monumentale Kunst der Hethiter hat sich ganz ausschließlich im Dienst praktischer Notwendigkeiten entwickelt. Sie ist niemals um ihrer selbst willen gepflegt worden. Die Folge davon ist das Überwiegen des Handwerklichen, die starre Gebundenheit an die Überlieferung, das Fehlen starker persönlicher Akzente.

Wir müssen uns vorstellen, daß jeder Bauherr in den kleinen Stadtfürstentümern den Ehrgeiz hatte, seine Toranlagen, seine Palastfassaden mit langen Reihen von hundert und mehr Reliefplatten zu schmücken. Es leuchtet ein, daß eine solche Bausitte an allen Orten einen großen Stab von gelernten Kunsthandwerkern schaffte, daß sie feste Überlieferungen bildete, die der Entfaltung persönlicher Eigenart nicht eben günstig waren. Eine solche Massenherstellung konnte im wesentlichen nur anständige Mittelqualitäten liefern. Zweifellos hat aber gerade diese außerordentliche künstlerische Betriebsamkeit doch auch die Voraussetzungen geschaffen für die Entwicklung starker schöpferischer Persönlichkeiten. Von ihren Werken ist freilich wenig erhalten, und nur ganz vereinzelte Stücke sind bisher der Öffentlichkeit zugänglich geworden. Vorhanden sind sie gewesen, und von den Werken hethitischer Kunst wird, wenn erst einmal die Hunderte bisher noch unveröffentlichter Steinbilder, die heute schon dem Erdboden entrissen sind, allgemein zugänglich sein werden, mehr als eines zu hohen Ehren in der Weltgeschichte der Kunst gelangen.

Von den Bildwerken, die ich in diesem Bändchen vorführen kann, ragen eigentlich nur die kleine Götterbronze der Abb. 7 und der Sphinxkopf der Abb. 12 hoch über den handwerklichen Durchschnitt hinaus und zeigen die Ausdruckskraft einer starken künstlerischen Persönlichkeit. Bei der im Verhältnis zur Masse des ursprünglich vorhandenen Kunstguts geradezu lächerlich geringfügigen Zahl der zufällig erhaltenen Werke müssen solche Ausnahmen davor warnen, die künstlerische Veranlagung des Volkes nach der Höhenlage der Durchschnittswerke einzuschätzen.

Schon allein die Tatsache, daß in diesem Volk die Bausitte der Ausschmückung der Fassaden mit Bildwerken entstanden ist, reicht hin, ihm die stärksten künstlerischen Instinkte zuzuerkennen. Diese Bausitte hat einen bildnerischen Trieb von ganz elementarer Gewalt zur Voraussetzung. Kein Volk des alten Orients hat ihn im gleichen Maße besessen, und soweit die Assyrer sich bei ihren Bauten von denselben oder ähnlichen Zielen leiten lassen, handeln sie entweder in bewußter Nachahmung hethitischer Vorbilder oder aber unter dem Zwang ererbter Neigungen, denn sie waren eben doch Schößlinge aus dem großen gemeinhethitischen Stamme.

Im letzten Grund war die Ausstattung der Torbauten mit abwehrenden Tierkolossen eine Auswirkung religiöser Vorstellungen. Man traute den Tieren, die Träger göttlicher Kräfte waren, ob sie nun die natürliche oder eine ins Übersinnliche gesteigerte Gestalt trugen, die Kraft zu, die Stadt, die Burg oder den Palast vor dem Eindringen feindlicher, menschlicher oder dämonischer Mächte zu bewahren. Neben diese Gestalten, denen als schützenden Bollwerken vielleicht ein innerer organischer Zusammenhang mit der Bauanlage selbst zuerkannt werden muß, treten

Bildwerke politischen Charakters, mythologische, religiöse und kultische Szenen, aber auch Einzeldarstellungen und Gruppenbilder rein profanen Charakters. Bei allen diesen fehlt jeder innere Zusammenhang mit der Bauanlage, sie sind reine Ziermotive, und ihre Gestaltung ist das Ergebnis eines bildnerischen Triebs, der keinem anderen Zweck dient als der dekorativen Wirkung.

Überraschend ist die große Fülle der phantastischen Gestalten, der Mischwesen menschlichen und tierischen Charakters, die meist auch durch die Ausrüstung mit Flügeln über ihre Artgenossen hinausgehoben sind. Bei keinem Volk des Altertums beherrschen diese Gestalten in ähnlichem Ausmaße die bildende Kunst wie bei den Hethitern, und man darf wohl fragen, ob nicht deren Phantasie diese Gebilde ihr Dasein verdanken, so sehr man bisher geneigt war, die Ägypter als ihre Schöpfer anzusehen, weil auch bei diesen die Sphinx und tierköpfige Göttergestalten heimisch waren.

Bei den Ägyptern wirken die Phantasiegestalten kaum je als lebensfähige Gebilde, denen man zutrauen möchte, daß sie jemals existiert haben. Ganz anders bei den Hethitern. Da sind aus den verschiedenen Elementen wahrhaft lebendige neue Geschöpfe entstanden. Die Löwen- und Vogeldämonen, die Skorpionmenschen, Flügelstiere, Flügellöwen, Flügelschweine, sind in sich vollkommen einheitlich, die Menschenköpfe auf den Löwen-, und die Tierköpfe auf den Menschenleibern sitzen so sicher und fest, als ob sie mit ihnen wirklich verwachsen wären.

Im letzten Grunde sind auch diese phantastischen Gestalten Geschöpfe des religiösen Vorstellungslebens, des Glaubens an Dämonen, an übersinnliche Kräfte, die im Dienste der großen Götter den Menschen schützen. Aber es ist nicht anzunehmen, daß die mannigfachen Formen, die auf den Denkmälern auftreten, auch wirklich alle dem anerkannten Kreise der niederen Gottheiten angehört haben. Vielmehr hat die Kunst, über den Schatz der überlieferten religiösen Vorstellungen hinausgreifend, in freier Laune neue Spielarten geschaffen, für die es nie möglich sein wird, eine religiöse Begründung zu finden.

In all diesen Phantasiegestalten offenbart sich eine ganz außerordentliche schöpferische Kraft. Gegenüber der Fähigkeit, die Gesichte der Phantasie zu lebendigen, von in ihrer Wirklichkeit überzeugenden Bildern zu gestalten, zeigt die hethitische Kunst in der Mehrzahl der bisher bekannt gewordenen Werke eine ganz auffallende Befangenheit und Unbeholfenheit in der technischen Ausführung, besonders bei der Darstellung des Menschen. Hier ist die hethitische Kunst nie über einen starren Schematismus, über einen fest umschriebenen Kanon von bestimmten Stellungen und Bewegungen hinausgekommen. Das menschliche Gesicht ist mit seltenen Ausnahmen eigentlich niemals der Träger eines seelischen Ausdrucks. Welcher Art die Darstellung auch sei, die beteiligten Personen zeigen niemals irgendwelche Teilnahme, ihre Gesichtszüge sind im Kampfbild so starr und undurchdringlich wie in der feierlichen Haltung des repräsentativen Götter- oder Königsbildes.

Die Stärke des hethitischen wie aller vorderasiatischen Kunst liegt in der Tier-
darstellung. Die Tiere der hethitischen Bildwerke sind nicht nur in ihren Rassen-
merkmalen aufs gewissenhafteste gekennzeichnet, ihr Gang, ihre Haltung ist scharf
beobachtet und mit oft überraschender Feinfühligkeit und Sicherheit festgehalten.
Und so schematisch, unbelebt und teilnahmlos die Menschen auf den hethitischen
Bildern erscheinen, so lebendig und ausdrucksvoll wirken die Tiere. Bei der Tier-
darstellung fängt der hethitische Künstler an, seinem Werk persönliche Anteilnahme
zuzuwenden. Hier macht er sich frei von dem Schematismus, der ihn bei den
Menschendarstellungen befangen macht und in Fesseln hält, ja er gelangt hier gelegentlich sogar zur selbstherrlichen Auflösung des ornamentalen Schemas, das
für das hethitische Gruppenbild sonst maßgebend ist und ihm wohl einen feierlich
anmutenden Charakter gibt, aber in seiner Starrheit doch auch gleichförmig wirkt.

*   *   *

Der ornamentale Zug gibt der hethitischen Kunst nach außen hin das Gepräge.
Sie ist im wesentlichen schmückendes Beiwerk der Architektur. In langen Bändern
ziehen sich Hunderte von Steinplatten um die Mauern der Torbauten und Paläste.
Aber diesem Zweck hätten ja auch Linienornamente dienen können. Diese ver-
schmäht die hethitische Kunst, so weit wir bis jetzt sehen, in ganz auffallender Weise,
obwohl sie in der Ausschmückung einzelner Architekturteile, wie besonders der
Säulenkapitäle (vgl. Abb. 44), gelegentlich sehr wirkungsvolle Formen gefunden
hat. Dem Volk, in dessen Phantasie die merkwürdigsten Mischgestalten entstanden
sind, ist das Linienornament für die Ausschmückung großer Flächen zu inhaltlos,
zu nichtssagend. Die hethitische Kunst ist aber im eigentlichsten Sinne eine redende
Kunst, Ausdruck von geistigen Gesichten und Vorstellungen, Erzählung von Göttern
und Dämonen, von Kämpfen mythischer Helden, vom König, von Krieg und Jagd.
Es ist kein Zufall, daß das Volk, das in seiner Kunst das erzählende Bild so bevorzugt,
sich bis zuletzt eine Bilderschrift von durchaus bildmäßigem Charakter erhalten hat.
Auch die hethitische Kunst ist eine Bilderschrift gewesen und geblieben. Jedes
einzelne Bild ist zunächst als Mitteilung einer Tatsache gemeint und will so ge-
würdigt werden. In den meisten Fällen ist dem Künstler auch nicht viel mehr
gelungen. Aber darüber hinaus hat doch auch die hethitische Kunst Bildwerke geschaffen, die die mitzuteilende Tatsache als ein Stück Leben dem Beschauer wahrhaft
lebendig machen. Und in solchen Werken hat auch die hethitische Kunst das Letzte
erreicht, was irgendeiner Kunst zu erreichen möglich ist. Möchte die Zeit nicht
mehr fern sein, wo es angängig ist, auch solche hethitische Bildwerke in größerer
Zahl vorzuführen.

Literatur.

Die wichtigsten Abbildungswerke sind:

Ausgrabungen in Sendschirli I—IV. Berlin, Georg Reimer, 1893—1911.

Der Tell Halaf, von Dr. M. Freiherrn von Oppenheim (Der Alte Orient 10,1) Leipzig 1908.

Boghazköi. Die Bauwerke, von O. Puchstein (19. Wissenschaftl. Veröffentlichung der Deutschen Orient-Gesellschaft) Leipzig 1912.

Carchmisch, Part I. Introductory by D. G. Hogarth. 1914.

Zur geschichtlichen Orientierung vgl. L. Messerschmidt, Die Hethiter. (Der Alte Orient 4, 1, 2. Aufl. 1903). — E. Meyer, Reich und Kultur der Chetiter. Berlin 1914. — Cowley, The Hittites. London 1920.

Zur Landeskunde vgl. Garstang, The Land of the Hittites. London 1910.

Verzeichnis der Abbildungen.

Die Reihenfolge ist nach sachlichen Gesichtspunkten gewählt. Ich beginne mit Götter- und Menschendarstellungen (Abb. 1—11), es folgen religiöse Typen und Gruppen (Abb. 12—20), mythologische Szenen (Abb. 21—23), der König und sein Hofstaat (Abb. 24—36), Musikanten (Abb. 37—39), Jagdbilder (Abb. 40—41), Tierdarstellungen (Abb. 42—43), Architekturbilder (Abb. 44—46), Keramik (Abb. 47), Siegelbilder (Abb. 48).

Verzeichnis der Abkürzungen: AS = Ausgrabungen in Sendschirli; Hogarth = Carchemish, part I, by D. G. Hogarth.

1. Sitzbild einer männlichen Gottheit, ca. 3000 v. Chr. Bronze. Höhe 0,18 m. Im Handel erworben, angeblich aus Boghazköi. Berlin. Unveröffentlicht.

2. Basaltrelief des Gottes Teschub. Gefunden bei den Grabungen der Deutschen Orient-Gesellschaft in Babylon, wohin es anläßlich eines babylonischen Feldzuges gegen die Hethiter verschleppt war. 2. Jahrtausend v. Chr. Dolorit. Höhe des Steins 1,28 m. Original jetzt wohl in London. Nach Wiss. Veröff. der D. O.-G., Heft 1.

3. Basaltrelief des Gottes Teschub. Aus Sendschirli. Um ein paar Jahrunderte jünger als Abb. 2. Basalt. Höhe des Steines 1,27 m.

4. Basaltstatue des Gottes Hadad mit aramäischer Inschrift aus dem 9. Jahrh. Höhe 3,30 m. Aus Sendschirli. Berlin. Nach AS. Taf. VI.

5. Felsenrelief von Jvriz: Der König vor dem Vegetationsgott (Sandon?). Um 750 v. Chr. Photographie im Besitz von Prof. Dr. Fr. Sarre.

6. Kalksteinrelief des Sonnesgottes von Chatti-Boghazköi. Um 1300 v. Chr. Höhe des Reliefs 2,25 m. Nach Puchstein, Boghazköi Taf. 18.

7. Statuette des hethitischen Sonnengottes. Um 1300 v. Chr. Bronze. Höhe 0,125 m. Berlin.

8. Statuette einer Göttin. Bronze. Höhe 0,185. Um 1750 v. Chr. Berlin.

9. Dasselbe. Seitenansicht.

10. Statuette eines Hethiters. Bronze. Höhe 0,125 m. 2. Jahrtausend. Berlin. Unveröffentlicht.

11. Statuette einer Hethiterin (Göttin?) Bronze. 2. Jahrtausend. Berlin. Unveröffentlicht.

12. Kopf einer überlebensgroßen Sphinx aus Boghazköi. Um 1300 v. Chr. Nach Photographie.

13. Felsenrelief, Götterpozession, aus Jazylykaja bei Boghazköi. Um 1300 v. Chr. Nach Gips-abguß im Berliner Museum.
14. Relief einer Sphinx aus Karkemisch. Nach 1000 v. Chr. Höhe 1,15 m. Nach Hogarth, pl., B 14
15. Basaltrelief einer Sphinx aus Sendschirli. Um 800 v. Chr Länge des Steins 1,20 m. Nach einer Photographie. Konstantinopel.
16. Felsenrelief, Heraldische Gruppe, aus Jazylykaja bei Boghazköi. Um 1300 v. Chr. Nach Gipsabguß im Berliner Museum.
17. Torskulpturen von Saktschegözü. Höhe der Platte 0,77 m. Nach Photographie.
18. Steinrelief eines Jagddämons, Sendschirli. 2. Jahrtausend. Höhe des Steins 1,15 m. Berlin.
19. Steinrelief zweier (das Himmelsdach stützenden) vogelköpfigen Genien. Aus Karkemisch. Nach 1000 v. Chr. Höhe des Steins 1,17 m. Nach Hogarth, pl. B. 12.
20. Steinrelief eines Greifen, Sendschirli. 2. Jahrt. v. Chr. Höhe des Steins 0,98 m. Berlin.
21. Basaltrelief: Der Gott Teschub als Löwenbezwinger. 2. Jahrt. v. Chr. Aus Karkemisch. Nach Hogarth, pl. B. 11. Höhe des Steins 1,15 m.
22. Basis einer Götter(?)statue, Gilgamesch als Löwenbezwinger. Ende des 3. Jahrt. Aus Send-schirli. Höhe 0,72 m. Nach AS, Taf. 64. Konstantinopel.
23. Basaltrelief, Gilgamesch unter seinem Tiere. Um 2000 v. Chr. Aus Karkemisch, Höhe 1,20 m. Nach Hogarth, pl. B. 10.
24. Steinrelief, Barrekub von Sam'al auf dem Thron, vor ihm ein Beamter. Um 750 v. Chr. Höhe 1,10 m. Berlin.
25. Stele aus Basalt. Der König von Sam'al, vielleicht Kalamu, gefolgt von einem Diener. Um 850 v. Chr. Aus Sendschirli. Höhe 0,57 m. Berlin.
26. Basaltrelief, Grabstele einer Königin, die beim Totenmahle dargestellt ist. Etwa 800 v. Chr. Aus Sendschirli. Höhe des Steins 1,50 m. Berlin.
27. Basaltrelief. Amme mit Kind auf dem Arm, ein Lämmchen nach sich ziehend. Teil einer großen Darstellung der kgl. Familie. Aus Karkemisch. Nach 1000 v. Chr. Höhe des Steins 1,18 m. Nach Hogarth, pl. B. 8.
28. Felsrelief von Schêch-chân, östlich des Tigris in den Zagrosbergen. Siegesdenkmal eines hethitischen (?) Königs, um 2500 v. Chr. Nach Photographie.
29. Basaltrelief eines hethitischen Kriegsmannes. 2. Jahrt. v. Chr. Aus Sendschirli. Höhe des Steins 1,38 m. Berlin.
30. Statuette eines hethitischen Kriegers. Bronze. Nach Photographie aus dem Nachlaß Dr. Messerschmidts.
31. Basaltrelief. Krieger der Leibwache des Königs. Aus Karkemisch. Nach 1000 v. Chr. Höhe des Steins 1,17 m. Nach Hogarth, pl. B. 2.
32. Teil eines Felsreliefs von Jazylykaja bei Boghazköi. Krieger der Leibwache beim Heilig-tum. Um 1300 v. Chr. Höhe des Steins 0,91 m. Nach Gipsabguß im Berliner Museum.
33. Basaltrelief eines Mannes, das eine Gazelle als Tribut vor den König (?) oder als Opfer (?) bringt. 9. Jahrh. Aus Sendschirli. Höhe des Steins 1,05 m. Berlin.
34. Basaltrelief, dienende Frauen aus dem Hofstaat des Königs von Karkemisch. Nach 1000 v. Chr. Nach Photographie.
35. Basaltrelief. Dienende Frauen. Aus Saktschegözü. Nach Photographie. Höhe des Steins 0,79 m. Liverpool?
36. Basaltrelief. Lautenspieler und Tänzer (?). 2. Jahrt. v. Chr. Aus Sendschirli. Höhe des Steins 1,24 m. Berlin.
37. Basaltrelief. Musikantenzug. Aus Sendschirli. 8. Jahrt. Nach AS. Taf. 62. Konstanti-nopel.

38. Statuette eines Tamburinschlägers, Bronze. Höhe 0,10 m. Berlin.
39. Desgl. Höhe 0,12 m. Berlin.
40. Kalksteinrelief. Zwei Jagdszenen, oben Eberjagd, unten Hirschjagd. 2. Jahrt. v. Chr. Aus Üjük. Nach Photographie.
41. Steinrelief. Hirschjagd. Um 1000 v. Chr. Wohl aus Malatia. Höhe des Steins 0,41 m. Nach Photographie. Paris. Louvre.
42. Basaltrelief. Dekorative Szene: Gazellen, den Lebensbaum anspringend. 2. Jahrt. Aus Sendschirli. Höhe des Steins 1,10 m. Berlin.
43. Bronzebild eines auf einem Hirsch sitzenden Adlers. Um 700 v. Chr.? Höhe 0,08 m. Berlin.
44. Säulenbasis mit Ornamenten, Blattkränzen und Flechtband mit Rosetten, aus Sendschirli. Etwa 9. Jahrt. v. Chr. Höhe 0,88 m. Durchmesser 1,54 m. Berlin.
45. Säulenbasis von zwei Löwensphinxen gebildet. Aus Sendschirli. 8. Jahrh. Höhe 0,97 m. Konstantinopel. Ein gleichartiges, aber unvollkommenes Exemplar in Berlin.
46. Toranlage eines Palastes von Saktschegözü. Etwa 8. Jahrh. v. Chr. Nach Photographie.
47. Salbgefäß aus Terrakotta in der Gestalt eines Rehs. 2. Jahrtausend (?). Aus Kültepe Etwa 0,20 m hoch. Berlin, Archäol. Institut der Universität.
48. Hethitische Rollsiegelbilder. Anbetungsszenen. Das oberste, der Morgan Library gehörig. die beiden andern im Berliner Museum, alle dem 2. Jahrt. entstammend.

1

2

24

3

4

6

7

8

9

10

11

12

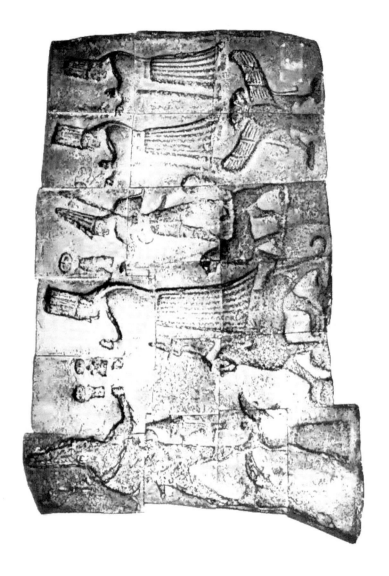

13

14

15

16

17

18

19

20

23

24

25

26

28

29

30

31

32

33

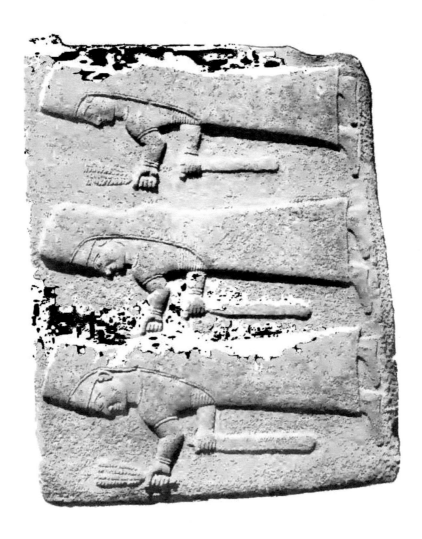

34

35

36

37

38

39

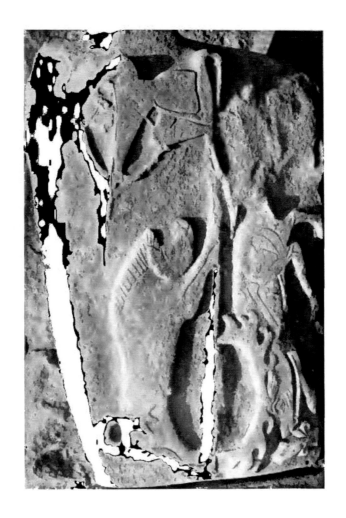

40

41

42

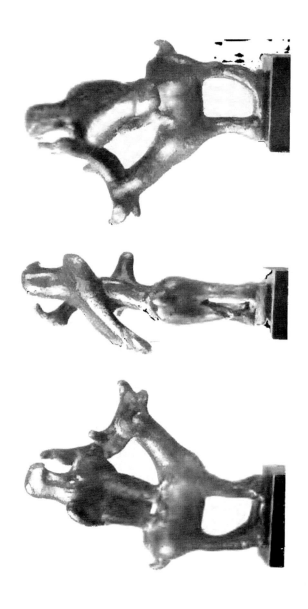

43

45

46

47

48

IS NOW THE TIME?

**Introducing 'talks about talks' between the
Church of England and the Methodist Church**

IS NOW THE TIME? is a short introduction to the Informal Conversations between the Methodist Church and the Church of England. The full report of the Informal Conversations, *Commitment to Mission and Unity* (£1.95) is available from:

> Methodist Publishing House
> 20 Ivatt Way
> Peterborough
> PE3 7PG

> or   The Council for Christian Unity
> Church House
> Great Smith Street
> London SW1P 3NZ

Further copies of this introduction are also available from the above addresses.

Prices:

Single copy	50p each
10 - 49 copies	40p each
50 or more copies	30p each

IS NOW THE TIME?

Is now the time?

–   that is the question asked by the Anglican/Methodist talks
    about talks group

Who are they?

–   they are eight Methodists and eight Anglicans asked by
    their two churches to talk about talks about getting together

Getting together for what?

–   for mission and service in England into the next century in
    the name of Jesus

**So is now the time for making a decision about a visibly
united church?**

Why do we need a visibly united church?

–   because unity is the will of God for his church and his
    world
–   because the mission needs of our country are urgent
–   because LEPs (Local Ecumenical Partnerships) and
    grassroots Christians have told us so and asked us to talk
    about it

What does visible unity look like?

–   believing the same gospel based on the Bible and the
    Creeds
–   celebrating the sacraments together
–   ordaining ministers into one ministry of word and
    sacrament
–   sharing one ministry of oversight by bishops

Who will talk about whether or not we want a visibly united church?

– if we decide to talk our two churches will appoint the talkers
– the General Synod will be asked to decide in November 1997 and the Methodist Conference in June 1998
– before then everyone is asked to think about it and have their say
– at the same time our ecumenical partners will be asked for their views and their blessing

What will those talks do?

– they will sort out the obstacles in the way to visible unity and produce a Common Statement

What are the obstacles in the way?

The group has identified ten, and in some cases has also suggested a way forward:

1 Who is to be counted as a member of a local church? Both between and within our two churches there are diverse views about church membership and about confirmation. Added to that is the practical fact that in the C of E only Bishops confirm.

2 Can a lay person preside at Holy Communion? In the Methodist Church it is possible for duly authorised lay people to preside at the eucharist in exceptional cases, a practice which is controversial in Methodism itself. This is not permitted in the C of E.

3   How do we best express the threefold ministry of bishop, presbyter and deacon today? We need to remember here that both our churches have already said, 'The threefold ministry of bishop, presbyter and deacon may serve today as an expression of the unity we seek and also the means for achieving it.'

4   What is the role of a deacon? Both churches are currently grappling with this one.

5   What kind of oversight does a bishop give, and what is the sort of bishop we need for the future? Formal conversations will need to agree a common understanding of the nature of the episcopal office, the style of its exercise and what models will be appropriate in a united Church.

6   Can we have women bishops? There is a serious difference between us on this question. The C of E excludes women from consecration as bishops and the Methodist Church has no barriers to women's ministry in any office. We must find a way to hold these two positions with integrity.

7   How will we reconcile our ordained ministries? We suggest that future presbyters and deacons should be ordained jointly by an Anglican bishop and an authorised Methodist minister. We also suggest that it should be possible for existing presbyters and deacons to choose to offer themselves for the laying on of hands in the other church. This would not call into question anything which had gone before. Those who participate would be brought into a wider fellowship of ordained ministry and made available for wider service; those who do not would still retain full status in their own church.

8   What structures of church organisation and government will we need?

9   What about relations between Church and State?

10 How shall we continue to relate to our Anglican and Methodist sister churches worldwide?

Some of these questions are bigger than others but the group is unanimous that none are insuperable!

What will the Common Statement say?

It will say what we mean by visible unity, what our doctrinal agreement is and how much we already share.

It will contain a commitment to sort out our remaining differences together.

It will set out a Declaration of Mutual Recognition and Solemn Commitment.

The Declaration of Mutual Recognition will say that we recognise one another's churches as belonging to the one, holy, catholic and apostolic Church.

The Solemn Commitment will be to live a more closely shared life and to begin to move gradually towards full visible unity.

Then What?
–   if our two churches agree the Common Statement
–   we make the Declaration of Mutual Recognition of each other

- we make the Solemn Commitment to each other
- and after that we work it all out at different speeds in different places, for this proposal is not about the immediate unification of our two churches, but about a commitment to move into a shared and evolving future.

So is now the right time for making a decision to talk seriously about a visibly united church?

The group believes that it is, providing that all discussions and suggestions continue to honour the existing Anglican practice of respecting the integrity of those opposed to the ordination of women to the priesthood and do not restrict women ministers in the Methodist Church from practising their ministry to the full.

The group believes that the time is right, because we see the urgency of the need for *Commitment to Mission and Unity*, to quote the title of our report.

Published jointly by:

The Council for Christian Unity
Church House, Great Smith Street, London SW1P 3NZ

Methodist Publishing House
20 Ivatt Way, Peterborough PE3 7PG

ORDER FORM

THE UNITED REFORMED CHURCH
BOOKSHOP
86 Tavistock Place, London WC1H 9RT

NAME (Revd. Mr. Mrs. Ms.)

ADDRESS

for orders in excess of £5.00

I authorise you to debit my Access/Visa
account no.

Signature

Daytime phone number:

DELIVERY ADDRESS IF DIFFERENT

Page No.	DESCRIPTION	Quan.	Price each	£	p

Postage and Packing charges are added to orders of less
than £30 in value at the following rates:

For 1-3 copies of leaflets and for items which are
free of charge a donation towards costs is requested.

Orders of value up to			£1	-	60p
Orders of value between	£1	&	£5	-	£1.15
Orders of value between	£5	&	£7.50	-	£1.75
Orders of value between	£7.50	&	£10	-	£2.25
Orders of value between	£10	&	£30	-	£2.75

TOTAL GOODS

**POSTAGE and
PACKING**

**Donation for
free lit.**

**CHEQUE/P.O.
(Enclosed)**